1913 - Juin - 13 -

VENTE
du Vendredi 13 Juin 1913
HOTEL DROUOT — SALLE N° 1
A 2 HEURES

TABLEAUX

Importantes Estampes du XVIIIe Siècle

MEUBLES & OBJETS D'ART

COMMISSAIRE-PRISEUR
M° ROBERT BIGNON

EXPERT
M. F. MARBOUTIN

CATALOGUE
DES
TABLEAUX
AQUARELLES, DESSINS, PASTELS
ANCIENS ET MODERNES

PAR OU ATTRIBUÉS A

Bailly, Van den Bosch, Delacroix, Deveria, Droogsloot
Dubute, Fischer, Flandrin, Van Herp, Honthorst, Netscher
J. Romain, Sauvage, J. Vernet, Wachsmuth, etc.

et des Ecoles Allemande, Flamande, Française et Hollandaise

DES XVIIe ET XVIIIe SIÈCLES

Importantes Estampes anciennes du XVIIIe Siècle

FAIENCES, BRONZES, OBJETS D'ART
MEUBLES ANCIENS

DONT LA VENTE AURA LIEU A PARIS

HOTEL DROUOT — SALLE N° 1
Le Vendredi 13 Juin 1913

A 2 HEURES

Me ROBERT BIGNON, Commissaire-Priseur
41, Rue de la Victoire

ASSISTÉ, POUR LES TABLEAUX ET LES ESTAMPES, DE :
M. F. MARBOUTIN, Peintre-Expert
2, Rue de Marseille

EXPOSITION PUBLIQUE :
Le Jeudi 12 Juin 1913, de 2 heures à 6 heures

CONDITIONS DE LA VENTE

La vente sera faite au comptant.

Les adjudicataires paieront *dix pour cent* en sus des enchères.

L'exposition mettant le public à même de se rendre compte de l'état et de la nature des objets, il ne sera admis aucune réclamation une fois l'adjudication prononcée.

DÉSIGNATION

TABLEAUX

ECOLE ALLEMANDE
xv° siècle

1 — Le Christ couronné d'épines.
   Cadre bois sculpté.
   Bois.

   Haut. : 0ᵐ38 ; Larg. : 0ᵐ30.

ECOLE ANGLAISE (D'après l')
xviii° siècle

2 — Portrait de jeune femme.
   Toile.

   Haut. : 0ᵐ90 ; Larg. : 0ᵐ75.

BERTIN (Attribué à)

3 — Paysage avec personnages.
   Toile.

   Haut : 0ᵐ52 ; Larg. : 0ᵐ65.

BOILLY (Attribué à)

4 — Portrait présumé du fils de l'artiste.
>   Toile.
>
>   Haut.: 0m62; Larg.: 0m50.

BOILLY (Attribué à)

5 — Portrait d'homme.
>   Cuivre.
>
>   Haut.: 0m24; Larg.: 0m18.

BOSCH (Van Den)

6 — Visite à l'atelier de l'orfèvre.
>   Signé à droite.
>   Toile.
>
>   Haut.: 0m63; Larg.: 0m80.

CERQUOZZI (Attribué à)

7 — Fleurs dans un vase.
>   Toile.
>
>   Haut.: 0m68; Larg.: 0m65.

CONSTABLE (Ecole de JOHN)

8 — Ferme à l'entrée d'un bois.
>   Bois.
>
>   Haut.: 0m20; Larg.: 0m30.

CREPIN (L.-PH.)

9 — Paysage avec cours d'eau animé de personnages et animaux.
>   Toile.
>
>   Haut.: 0m82; Larg.: 1m35.

DAVID (Ecole de Louis)

10 — Portrait de jeune homme.
    Toile.

                    Haut. : 0m65 ; Larg. : 0m54.

DESPORTES

11 — Portrait d'homme en habit violet.
    Toile.

                    Haut.: 0m25 ; Larg. : 0m20.

DROLLING (Attribué à)

12 — Villageois appuyé sur un bâton.
    Bois.

                    Haut.: 0m19 ; Larg. : 0m13.

DROOGSLOOT (Corneille)

13 — Distribution de victuailles et de boissons aux estropiés et mendiants à l'occasion de la Kermesse.
    Bois

                    Haut. : 0m62 ; Larg. : 0m45.

DUBUFE (Attribué à L.-E).

14 — Portrait de jeune femme.
    Toile.

                    Haut.: 1 m.; Larg. : 0m81.

ECOLE FLAMANDE
XVIIe siècle

15 — Les Musiciens ambulants.
    Bois.

                    Haut. : 0m49 ; Larg. : 0m39.

ECOLE FLAMANDE
xviie siècle

16 — Portrait homme.

    Bois.

                                   Haut. : 0^{m}74; Larg. : 0^{m}69.

ECOLE FLAMANDE
xviie siècle

17 — La Fuite en Egypte.

    Cuivre.

                                   Haut. 0^{m}32; Larg. : 0^{m}25.

ECOLE FLAMANDE
xviiie siècle

18 — La Danse au village.

    Toile.

                                   Haut. : 0^{m}42; Larg. : 0^{m}61.

ECOLE FLAMANDE
xviie siècle

19 — Paysage animé de nombreux groupes de personnages.

    Bois.

                                   Haut. : 0^{m}49; Larg. : 0^{m}68.

ECOLE DE FONTAINEBLEAU

20 — Vénus.

    Toile.

                                   Haut. : 0^{m}33; Larg.: 0^{m}25.

ECOLE FRANÇAISE
Commencement du xviie siècle

21 — Portrait d'un seigneur en pourpoint noir.

  Bois.

  Haut. : 0m53 ; Larg. : 0m38.

ECOLE FRANÇAISE
xviie siècle

22 — Le Christ au milieu des Docteurs.

  Toile.

  Haut. : 0m65 ; Larg. : 0m49.

ÉCOLE FRANÇAISE
xviie siècle

23 — Portrait d'un Seigneur.

  Toile.

  Haut. : 0m65 ; Larg. : 0m54.

ECOLE FRANÇAISE
xviie siècle

24 — Jeune femme en Cérès.

  Toile.

  Haut. : 1m20 ; Larg. : 1 m.

ECOLE FRANÇAISE
xviiie siècle

25 — Portrait de jeune femme.

  Cadre bois sculpté.
  Toile de forme ovale.

  Haut. : 0m50 ; Larg. : 0m44.

ECOLE FRANÇAISE
xviie siècle

26 — Bouquet de fleurs.
   Cuivre.

   Haut.: 0m53; Larg.: 0m40.

ECOLE FRANÇAISE
xviiie siècle

27 — Cavaliers et personnages au bord de la mer.
   Toile.

   Haut.: 1m05; Larg.: 0m75.

ECOLE FRANÇAISE
xviiie siècle

28 — Enfants s'amusant au bord d'un ruisseau.
   Toile.

   Haut.: 0m65; Larg.: 0m55.

ECOLE FRANÇAISE
xviiie siècle

29 — Portrait d'un prince de la maison de Savoie, en cuirasse et manteau rouge.
   Toile.

   Haut.: 0m81; Larg.: 0m62.

ECOLE FRANÇAISE
xviiie siècle

30 — Servante nettoyant du poisson.
   Bois.

   Haut.: 0m48; Larg.: 0m36.

ECOLE FRANÇAISE
xviiie siècle

31 — Paysage animé de personnages.
Bois.

Haut. : 0m32; Larg.: 0m41.

ECOLE FRANÇAISE
xviiie siècle

32 — L'Adoration des bergers.
Toile.

Haut. : cm57; Larg.: 0m47.

ECOLE FRANÇAISE
xviiie siècle

33 — Portrait de femme.
Toile.

Haut. : 0m75; Larg : 0m65.

ECOLE FRANÇAISE
xviiie siècle

34 — Jeune femme et enfants dans un parc.
Toile.

Haut.: 0m80; Larg. : 0m65.

ECOLE FRANÇAISE
xviiie siècle

35 — Portrait de jeune femme.
Toile de forme ovale.

Haut. : 0m75; Larg. : 0m60.

ECOLE FRANÇAISE
xviiie siècle

36 -- Enfants et jeunes faunes.
>
> Toile.
>
> Haut.: 0m57; Larg. : 0m80.

ECOLE FRANÇAISE
xviiie siècle

37 — La Cascade.
>
> Toile.
>
> Haut. : 0m60; Larg. : 0m56.

ECOLE FRANÇAISE (D'après l')
xviiie siècle

38 — Scène d'intérieur.
>
> Toile.
>
> Haut. : 0m48; Larg. : 0m69.

ECOLE FRANÇAISE (D'après l')
xviiie siècle

39 — La Marchande ambulante.
>
> Toile.
>
> Haut.: 0m49; Larg. : 0m63.

ECOLE FRANÇAISE (D'après l')
xviiie siècle

40 — Intérieur d'auberge.
>
> Toile.
>
> Haut. : 0m49; Larg. : 0m63.

ECOLE FRANÇAISE (D'après l')
xviiie siècle

41 — La Bonne Aventure.
    Toile.

                                  Haut. : 0m49 ; Larg. : 0m64.

ECOLE FRANÇAISE (D'après l')
xviiie siècle

42 — Portrait de jeune femme.
    Cadre Louis XIV en bois sculpté.
    Toile ovale.

                                  Haut. : 0m80 ; Larg. : 0m63.

ECOLE FRANÇAISE (D'après l')
xviiie siècle

43 — Portrait de jeune femme.
    Cadre époque Louis XIV en bois sculpté.
    Toile de forme ovale.

                                  Haut. : 0m80 ; Larg. : 0m63.

ECOLE FRANÇAISE (D'après l')
xviiie siècle

44 — Portrait de Louis XV.
    Cadre époque Louis XIV en bois sculpté.
    Toile.

                                  Haut. : 0m81 ; Larg. : 0m67.

ECOLE FRANÇAISE (D'après l')
xviiie siècle

45 — Portrait de Madame de Châteauroux.
    Cadre époque Louis XIV en bois sculpté.
    Toile.

                                  Haut. : 0m81 ; Larg. : 0m63.

ECOLE FRANÇAISE

46 — Jeune femme en buste.

> Toile.
> Cadre Louis XVI en bois sculpté.

GREUZE (D'après)

47 — Tête de jeune fille.

> Toile.

Haut.: 0^m41 ; Larg. : 0^m32.

GREUZE (D'après)

48 — La Dormeuse.

49 — La Petite Dévideuse.

> Deux toiles formant pendants.

Haut. : 0^m81 ; Larg. : 0^m60.

HERP (Van)

50 — De nombreux personnages, la plupart déguisés, circulent sur la principale place de la ville à l'occasion d'une fête et acclament l'arrivée de seigneurs amenés dans un riche carrosse.

> Signé en bas à gauche.
> Cuivre.

Haut. : 0^m75 ; Larg. : 1^m05.

ECOLE HOLLANDAISE
XVIIe siècle

51 — Le Repas de la famille.

> Toile.

Haut. : 0^m29 ; Larg. : 0^m37.

ECOLE HOLLANDAISE
XVIIᵉ siècle

52 — Portrait d'homme.
> Cuivre.
> Haut.: 0ᵐ08; Larg.: 0ᵐ07.

ECOLE HOLLANDAISE
XVIIᵉ siècle

53 — Gibier et accessoires.
> Cadre bois sculpté.
> Toile.
> Haut.: 0ᵐ73; Larg.: 0ᵐ61.

HONTHORST (Gérard)

54 — L'Espiègle.
> Bois.
> Haut.: 0ᵐ38; Larg.: 0ᵐ29.

HUBERT-ROBERT (Ecole de)

55 — Ruines avec personnages.
> Toile.
> Haut.: 0ᵐ98; Larg.: 0ᵐ65.

LANCRET (Ecole de)

56 — Scène galante.
> Toile.
> Haut.: 1ᵐ50; Larg.: 0ᵐ78.

NETSCHER (Attribué à Gaspard)

57 — Le Concert.
> Toile.
> Haut.: 1ᵐ28; Larg.: 0ᵐ95.

OUDRY (Ecole de J.-B.)

58 — Chien et gibier.
>Toile.
>
>Haut.: 0m53; Larg. : 0m60.

POURBUS (Ecole de François)

59 — Portrait de jeune fille.
>Cadre époque Louis XIV en bois sculpté.
>Toile.
>
>Haut. : 0m73; Larg. : 0m58.

SAUVAGE (Attribué à Piat-Joseph)

60 — Jeux d'amours.
>Toile.
>
>Haut. : 0m90: Larg. : 0m90.

TÉNIERS (Ecole de David)

61 — Nécessité n'a pas de loi.
>Bois.
>
>Haut.: 0m14; Larg. : 0m11.

VERNET (Ecole de Joseph)

62 — Marine animée de personnages.
>Toile.
>
>Haut. : 0m54; Larg.: 0m73.

WACHSMUTH (Ferdinand)

63 — Portrait d'homme dessinant au bord de la mer.
>Probablement le portrait de l'artiste.
>Signé à droite.
>Toile.
>
>Haut : 0m90; Larg. : 0m73.

WACHSMUTH (Ferdinand)

64 — Jeune femme assise dans un parc.

    Signé en bas à gauche.
    Daté 1829.
    Toile

                        Haut.: 0m90; Larg.: 0m73.

WATTEAU (Ecole d'Antoine)

65 — Personnages dans un parc.

    Deux pendants.

                        Haut.: 0m40; Larg.: 0m32.

DESSINS, PASTELS

ANCIENS ET MODERNES

DELACROIX (Eug.)

66 — Lionne.
>Dessin mine de plomb.
>Cachet de la vente à gauche.

DELACROIX (Eug.)

67 — Etude de bœuf.
>Dessin au crayon.
>Cachet de la vente à gauche.

DEVERIA

68 — Portrait de femme.
>Pastel.

FISCHER (J.)

69 — Scène de la Comédie italienne.
>Aquarelle.

FISCHER

70 — Vue à Pont-Armé.
>Aquarelle.

FLANDRIN (Attribué à H.)

71 — **Portrait de femme et études académiques.**
    Dessin à la mine de plomb.

ECOLE FRANÇAISE
xviiie siècle

72 — **Neptune.**
    Important dessin à la sanguine.

ECOLE FRANÇAISE
xviiie siècle

73 — **Portraits d'une famille.**
    Pastel.

ECOLE FRANÇAISE
xviiie siècle

74 — **Scène champêtre.**
    Lavis à la sépia avec rehauts de blanc.

ECOLE FRANÇAISE
xviiie siècle

75 — **Les Joies de la famille.**
    Lavis à la sépia. Rehauts de gouache.

ECOLE FRANÇAISE
xviiie siècle

76 — **Paysage animé de personnages.**
    Dessin rehaussé de pastel.

                                            Haut.: 0^m40; Larg.: 0^m33.

ECOLE FRANÇAISE
xviiie siècle

77 — Paysage.

    Dessin à la mine de plomb.

ECOLE FRANÇAISE
xviiie siècle

78 — Etudes de costumes.

    Deux dessins: lavis à la sépia.

ECOLE FRANÇAISE
xviiie siècle

79 — Naissance de Vénus et deux portraits.

    Dessins au crayon, à la plume et lavis.

ECOLE FRANÇAISE
xviiie siècle

80 — Nymphes et satyres.

    Dessin à la sanguine.

ÉCOLE FRANÇAISE
xviiie siècle

81 — Le vieux moulin.

    Important lavis à l'encre de Chine.

ÉCOLE FRANÇAISE

XVIIIe ET XIXe SIÈCLES

82 — 1º Scène orientale.

    Sipia et crayon.

    2º Tête d'homme.

    Dessin à la plume.

    3º Amour tirant à l'arc.

    Dessin à la plume.
    Trois pièces dans le même cadre.

ÉCOLE FRANÇAISE

COMMENCEMENT DU XIXe SIÈCLE

83 — Portrait d'enfant.

    Haut. : 0^{m}47 ; Larg. : 0^{m}37.

    Pastel.
    Cadre ancien en bois sculpté.

ÉCOLE FRANÇAISE

COMMENCEMENT DU XIXe SIÈCLE

84 — Portrait de fillette.

    Haut.: 0^{m}47 ; Larg. : 0^{m}37.

    Pastel.
    Cadre ancien en bois sculpté.

INGRES (Ecole de)

85 — Portrait d'homme.

    Dessin aux trois crayons.

ÉCOLE ITALIENNE

XVIIIe SIÈCLE

86 — Andromède.

    Dessin à la plume et lavis.

ÉCOLE MODERNE

87 — Tête de femme.
>Aquarelle.

PARISEAU

88 — Scène mythologique.
>Lavis à la sipia.

ROMAIN (Attribué à Jules)

89 — Figures mythologiques et guerrières.
>Dessin à la plume et lavis.

TOULOUSE-LAUTREC (Attribué à)

90 — Femme accroupie sur un lit.
>Aquarelle.

ESTAMPES DU XVIIIᵉ SIÈCLE

BONNET

91 — Les Cinq sens.
>Superbes épreuves aux deux crayons.

BOIMIÈRE (D'après)

92 — La Confidence, par JUBIER.
>Superbe épreuve imprimée en couleur.
>Pièce très rare.

BOUCHER (D'après)

93 — Deux belles épreuves avant la lettre.

BOUCHER (D'après)

94 — La Maraudeuse de fleurs, par DEMARTEAU.
>Epreuve imprimée à la sanguine.
>Cadre époque Louis XVI.

95 — Bergère.
>Epreuve imprimée à la sanguine.
>Sans marges.

CIPRIANI

96 — Offrande à l'amour.
>Epreuve imprimée en couleurs.
>Renmargée.

CLEVELY (D'après J.)

97 — Voyage du Capitaine Cook.
> 4 gravures en couleurs par Piringer.
> Cadres époque Empire.

COYPEL (D'après)

98 — L'Amour de ville, par Lépicié.

DABOS (D'après)

99 — Le Lever, par Massole.
> Epreuve imprimée en couleurs.

DESCOURTIS

100 — La misère de l'Enfant prodigue.
Le retour de l'Enfant prodigue.
> Deux épreuves imprimées en couleurs.

HUET (D'après J.-B.)

101 — L'Eté et l'automne, par Demarteau.
> Superbes épreuves imprimées en couleur.
> Remmargées.

HUET (D'après J.-B.)

102 — Pastorale, par Demarteau.
> Sans marges.

JANINET

103 — Marie-Antoinette.
> Toutes marges avec cadre original. Superbe épreuve extrêmement rare dans ces conditions.
> Légères retouches.

LANCRET (D'après)

104 — Le Théâtre Italien, par C.-F. SMIDT.
>   Très belle épreuve.

LAVREINCE (D'après)

105 — Lever des ouvrières en modes.
>   Imprimée en couleur, réemmargée.
>   Superbe épreuve, pièce très rare, celle-ci étant toujours en noir.

LAWRENCE (D'après)

106 — Master Lambton.
>   Epreuve imprimée en noir.
>   Sans marges.

LE BAS

107 — Pierrot et sa progéniture.
>   Très belle épreuve.

LECLECQ (D'après)

108 — Chez Chéreau.
  « L'Ermite en queste ».

LE MOINE (D'après)

109 — Mademoiselle du T..., par JANINET.
>   Superbe épreuve avec son encadrement ancien, mais les quatre coins sont refaits.

LEPRINCE (D'après)

110 — Paysanne de Moravie venant du marché, par BONNET.

Superbe épreuve aux deux crayons.

LEPRINCE-DEMARTEAU

111 — Gravure de LEPRINCE.

Aux deux crayons, n° 384. Superbe épreuve. Cadre ancien.

PATAS (D'après)

112 — Scène galante, par QUEVERDO.

REGNAULT (D'après)

113 — L'Enfant puni ? par BLOT.

Epreuve avant la lettre.

RIGAUD (D'après)

114 — Samuel Bernard, par DREVET Pierre.

Belle épreuve.

SCHALL (D'après F.)

115 — Le panier renversé, par RUOTTE.

Epreuve imp. en couleurs.

TOCQUÉ (D'après)

116 — Louis Phelipeaux, par EDELINCK.

N° 103

MADEMOISELLE DU T***

N° 109

WESTALL

117 — Le Jeune Villageois.

118 — La Petite blanchisseuse.

DIVERS

119 — Un lot de gravures, par Cochin, Wouwermans, Callot, Teniers, etc.

    Huit pièces.

120 — Portraits, par Nanteuil, Masson, Edelinck.

    Huit pièces.

FAIENCES, PORCELAINES

BRONZES, OBJETS D'ART

121 — Sujet en biscuit de Sèvres.
   Importante pièce de fabrication moderne.

122 — Sucrier avec couvercle et son plateau en porcelaine de Sèvres à décor de fleurs.

123 — Deux vases en porcelaine de Jacob PETIT, décor fleurs en relief.

124 — Groupe en porcelaine à décor polychrome, représentant un Faune et une Bacchante.

125 — Deux coupes en porcelaine blanche : Enfants soutenant un sujet style Empire.

126 — Assiette en porcelaine de Vienne à bords dorés et décor de fleurs.

127 — Petit plat octogonal en ancienne faïence de Rouen à décor bleu et rouille.

128 — Deux petits compotiers en ancienne faïence de Rouen à bords dentelés, décor dit à la corne.

129 — Assiette en ancienne faïence de Delft, décor polychrome ; au centre, habitation chinoise et paysage.

130 — Assiette en ancienne faïence de Delft à décor bleu, panier fleuri et ornements divers.

131 — Deux tasses avec soucoupes en porcelaine de Sèvres, à bords dit dents de loups et décor de fleurs.

132 — Plaque en ancienne faïence de Castelli.

133 — Sujet chinois automate en ancienne porcelaine de Saxe-Marcolini.

134 — Deux sucriers en porcelaine ornée de fleurettes polychromes, porcelaine dite des « Duc d'Angoulême ».

135 — Tasse et soucoupe en porcelaine de Sèvres, décor à rayures bleues et blanches et feuillages.

136 — Deux coupes piedouches en faïence d'Urbino.

137 — Petit légumier à anses en faïence de Moustiers, décor dit à la pomme de terre.

138 — Sucrier en faïence de Rouen, décor bleu à couvercle ajouré.

139 — Deux levrettes en ancienne faïence de Rouen polychrome.

140 — Buste de femme.
Terre cuite XVIIIe siècle.

141 — Chien de chasse en arrêt.
Bronze original de Mène.

142 — Paire de chenets Louis XVI en bronze doré, vase avec guirlandes et têtes de lions.

143 — Pendule Louis XVI en marbre blanc et noir, surmontée d'une coupe à anses ornée de motifs et perles en bronze.

144 — Pendule Empire en bronze doré et patiné surmontée de deux amours se disputant un papillon.

145 — Paire de flambeaux Empire en bronze doré.

146 — Petite pendule Louis XVI en bronze patiné, le cadran soutenu par deux fûts de colonnes ornés de carquois et de guirlandes.

147 — Petite pendule anglaise en bronze.

148 — Glace cadre Louis XVI en bois sculpté et doré à motifs vase et guirlandes.

149 — Paire d'appliques Louis XV à deux lumières en bronze doré et ciselé à rocailles.

150 — Environ dix cadres bris sculpté.

151 — Cadre en bois sculpté. Epoque Louis XIV.

152 — Cadre en bois doré et sculpté. Epoque Louis XIV.

153 — Cadre de glace en bois sculpté à fronton. Epoque Louis XIV.

154 — Trois cadres anciens en bois sculpté.

155 — Douze cadres divers.
   Sera divisé.

156 — Tapis de prière en velours et broderie.

157 — Tapis algérien fond blanc à encadrements.
   Haut. : 1^m; Larg. : 1^m50.

MEUBLES

158 — Fauteuil Louis XV, recouvert en tapisserie.

159 — Commode Louis XVI en marqueterie de bois à fleurs, couverte d'un marbre blanc.

160 — Console Louis XV en bois sculpté et doré couverte d'un marbre blanc.

161 — Chaise Empire en bois sculpté recouverte de velours frappé.

162 — Petite psyché Empire en acajou laqué bronze doré.

163 — Paravent Louis XVI à quatre feuilles ornées de fleurs, feuillages, animaux et oiseaux.

164 — Petite table Louis XV en palissandre et marqueterie de bois.

165 — Guéridon acajou. Epoque Louis XVI.

166 — Commode Louis XV en bois de palissandre et garnie de bronze.

167 — Bureau Louis XV forme dos d'âne en palissandre, entrée de serrure et sabots de bronze.

168 — Petit chiffonnier Louis XVI en acajou, dessus marbre gris, s'ouvrant à cinq tiroirs.

169 — Petit chiffonnier Empire, de poupée, à cinq tiroirs, garnie de bronze doré.

170 — Commode Louis XIV en palissandre à filets cuivre s'ouvrant à quatre tiroirs, le dessus couvert d'un marbre.

171 — Méridienne Empire recouverte d'étoffe jaune.

172 — Commode Louis XVI en bois de rose, s'ouvrant à trois tiroirs, motifs de bronze, dessus en marbre.

173 — Lit de repos en bois sculpté et laqué recouvert de soierie, de style Louis XVI.

174 — Commode Louis XVI de forme démi-lune en bois de rose.

175 — Meuble Louis XV en bois de rose garni de bronze, s'ouvrant à deux portes ornées de glaces.

176 — Console avec glace en bois sculpté et doré de style Louis XVI.

Imprimé en France
FROC032117200120
23228FR00021B/417/P